瞳のきれいな裕《ゆたか》

そして――小さな北朝鮮

小池ともみ

JDC

目次

裕《ゆたか》の誕生

子供が親元から巣立つ、いえ、親を捨て、家出をする子供が実に多いと聞きます。ますます昨今は増えているとか。

親を捨てる子供たちはざらにいるさ……。

◉

神様から命を与えられ、母のお腹に宿り十月十日。お腹をなでながら声を掛け、愛しみ、育み、君とあえるのを一日千秋の思いで待ちわびる。と、

「オギャー」

と一声。神様から委ねられ、この世に生を受けた赤子を抱く。この時の、君のからだの暖かさ、柔らかさ、その香り……。私はあなたのお母さんよ、と、思わず抱きしめたものでした。

昭和四十年二月十八日、私たちの二人目の息子、裕《ゆたか》の誕生です。

◉

子供たちは、どの親を選ぼうかと迷った末に、宮本脩、敬子という父と母を選んだのです。ありがとう、私たちを選んでくれて……。

神様から選ばれた、あなたから選ばれた父と母は、私たちの共同作業で授かった君の誕生に大喜びしたのです。

お父さんは、お母さんのお腹にむかって、

「パパだよ、早く大きくなれよ、元気な子になれよ」

と、君にあいたい、早くあいたいと待っていました。君が少し大きくなってお腹を蹴飛ばすと、

「足で蹴った、蹴った」

と大喜びで、二人ではしゃいだものです。

「女の子かな、男の子かな」

どちらでもいい、元気で産まれてさえくれば、と。

神様が、こんないい人たちに授けてよかったとお思いになるかどうかも分かりませんけれど、お腹がだんだん迫出して大きくなり、パパが、下から持ち上げようかと思う位になりました。臨月です。

母の全身に痛みが走りました。痛くないはずのパパも痛みを感じたんですって。夫婦共通の痛みだった、とパパは言います。

用意していた物を行李にいっぱい詰めて、さて、出陣！　お腹の子供に怪我でもさせてはいけないと、静かに静かにタクシーに乗り込もうとした時、

「あっ痛い！」

「あっ、なんだママが頭をドアに打ったんだ、よかった、よかった」

とパパ。パパはママにふう、ふう、なでなでしてくれました。ほんと

に君に何もなくってよかったと、二人で顔を見合わせたのです。

無事、病院に着きました。

大量の出血で、ママの力も尽きかけたその時、

「オギャー」

ママの体内から飛び出して、血みどろの中で、大きな声で、

「オギャー」

って。

「お母さん、ボクだよ。お母さん、どこに居るの？　ボクだよ」

って。

すると、大きな暖かい手で、ママと結ばれていたヘソの尾が切られました。

「ようこそ、パパとママの元へ。元気な赤ちゃん、ママですよ。ありがとう。

ありがとう」

ママはうれしくって、うれしくって、涙が止まりません。

「男の子ですよ。チンチン、ちゃんと付いていますよ、ゴールデンボールですよ、お父さん」

って、看護婦さんがパパを迎えに行きました。するとどうでしょう。パパは、

「うん、うん」

と唸って、廊下に倒れていたんですって。そして、

「まだか、もう一回」

と言って気張っていたんですって。正に、夫婦二人で子供を産んだんですね。

こんなふうにして、二人目も元気な男の子に恵まれました。お兄ちゃ

んと五歳ちがい。

「ゴールデンボールがまた増えた」

と、パパ。その辺を走り回って大はしゃぎしたのでした。

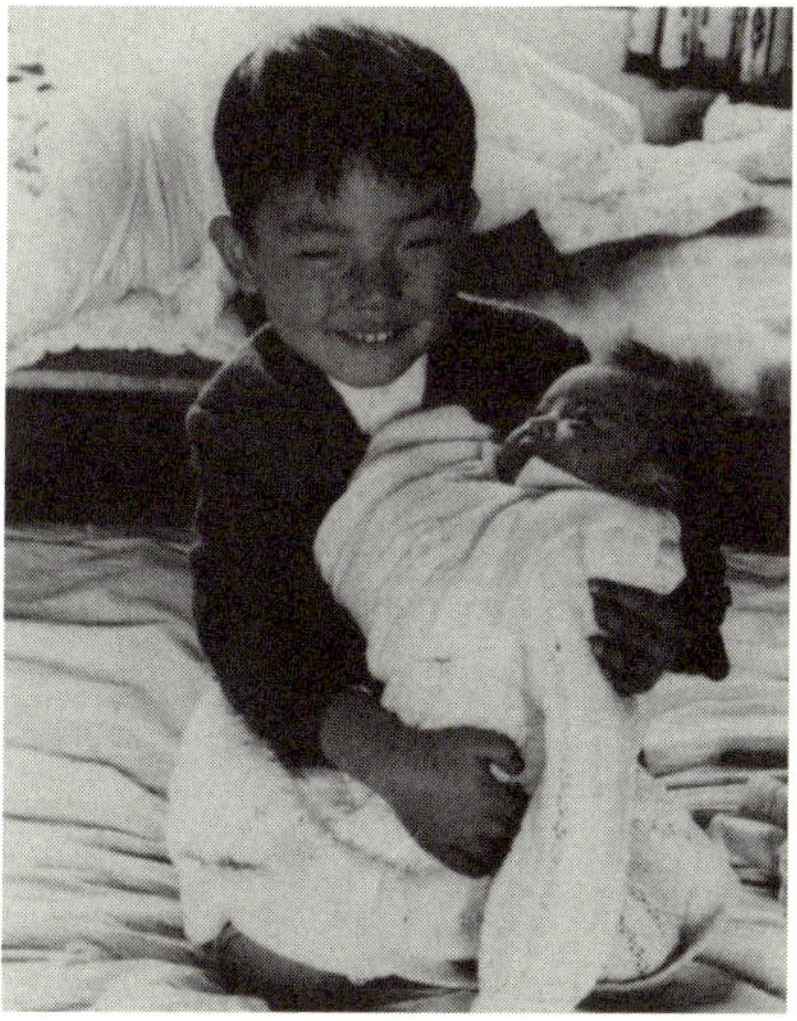

すべて順風満帆

兄は睦巳、弟は裕。

兄はバイオリンを、弟はピアノをと、二人違った道を歩みはじめました。

兄睦巳は、三歳保育のとき、遊んでいたブランコの板が飛んできて、眉間が割れるという大事故がありました。それが原因で、三年間という彼の人生にとってのブランクができ、大学へ進学することができませんでした。

弟の裕は、兄と同じく両親の愛情を全身に受けてすくすくと育ってくれました。でも、男の子のことですから、兄さん同様いろいろとハ

兄のバイオリンのピアノ伴奏する裕

プニングが起こります。喧嘩しては泣かされたり泣かしたり。ママは、PTAからの呼び出しや、学級担任の先生からの呼び出しで、頭を下げっぱなしでしたよ。おかげでママは休む間もない、てんやわんやの日々を送っていました。

パパはバスケのメンバー。そのポジションは誰にも譲ったことのないやり手だったんですよ。パパのお勤め先のコスモ石油でも、バスケではトップ。

ママは、小さいあなたたちを抱いて、何度も応援に行ったものです。二人共、覚えているかしら？

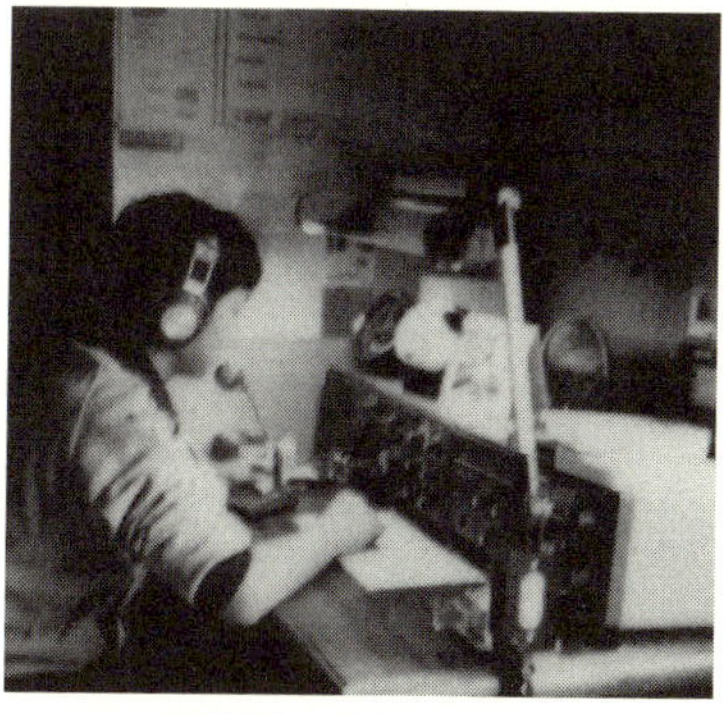

無線技師の資格取得の裕

そして、裕は大学を卒業。なんと、大手企業の三菱電機に見事就職。社会に新しい空気を求めて羽ばたき巣立っていきました。

この就職難の時代に、と、本人は元より、父も母も、どんなに安堵したことでしょう。どんなに有難かったでしょう。

足取りも軽く通勤を始めた裕に、その語学力を買われて海外出張命令が出ました。ドイツのデュッセルドルフです。もちろん、ドイツ語を話さなければならないでしょう。ちゃんとお勤めができるのでしょうか。母は、裕が帰ってくるまで落ち着きません。

裕が元気に帰って来ました。母はその裕の顔を見て、すぐ分かりましたよ、うまくいったって。どんなにほっとしたことでしょう。

それからも、海外出張が増え、また外国のお客様をお迎えする接待役をこなしています。会社のお役に立てているようで、父も母も、どんなにうれしかったでしょう。

そして余暇には、子供の頃に大好きだったピアノを生かして、会社でのサークル〝エレクトーン部〟に入部。家にもエレクトーンを購入して楽しんでいました。サークルには女性が多く参加しているらしい。そのうちに、かわいい女の娘とお付き合いを始めたようです。

思えば、四歳から始めたピアノレッスン。おとなしい子だったけれど、発表会では堂々としていました。もちろん、親に歯向かうような子ではありません。

毎日が充実しています。裕の後姿も頼もしく見えます。毎朝、彼を見送る父と母二人は、顔を見合わせ、これで一安心、と、心も豊かな日々でした。

それに、父、私にとっては夫の脩さんも、コスモ石油を定年退職し、第二の人生へと、足音高く、元気いっぱいで船出をしたのです。
すべて順風満帆、滑り出し上々。

二世帯住宅を建てる

　そんなある日、

「パパの退職金で家を建ててほしい」

と裕が言ってきました。

「借家生活では嫁に来てくれる人はいない」

と。

　何度も何度も……、

「しかしなぁ、」

とパパ。

「この金はな、パパやママが、老後に病気をした時に使うお金だよ、それを使ってしまったら、二人が困ってしまうだろ」

「大丈夫だよ。僕が結婚しても、二世帯住宅を建ててくれれば一緒に住むよ。だから、二人の面倒はみる、老人ホームに入ったりしなくてもいいんだよ」

「しかしなぁ」

とパパ。

「しかし、パパだって、ママだって、たまには温泉にも行けるゆとりもほしいんだよ」

随分もめました。

ママも、ついつい言わなくてもいいことを言ってしまいました。

「裕を大学に通わせ、だからと言って、子供の手前、〝パパはもうお金はないんだよ〟とは言えなかったのよ。もうお金は使い果たしたんだよ」

と私は何度も裕に言いました。

「大学など行きたくなかったよ、有難迷惑だ」

と裕はうそぶく。本当にパパは、父親として子供に不甲斐ないところを見せたくないと、借金までして君に注ぎ込んでいたんですよ。その穴埋めは、ママの内職。何とかその場をしのいでも、パパの満足そうな顔を見ると、ママは何も言えなくなるのです。

「親バカって、こんなものなのかしら」

そんな時、ときにはパパが、

「よっ！　山之内一豊の妻！　本当にありがとう」

なんて泣き出したりするのです。すると私もつい涙がぽろぽろ。似た者夫婦のパパとママです。

「裕がエレクトーンのサークルで気の合うお嫁さん見つかるといいね、いつ紹介してくれるのかな、たのしみだね」

と、パパとママ。

そんな、私たちの大切な大切な裕が、家を建ててくれと言う。

◉

三年の月日が、お互いに譲られずに過ぎました。私たちの心は、いえ体も、この三年の間に疲れ果てていました。

「でも、若い者と一緒に暮らせるのだから、仕方ないか」

と、父も母も考えるようになってきました。

正直、泣いていました。泣きながら、同意したのです。

パパが四十年働いて手にした退職金。

「ゼロになるのか」

しかし、退職金だけでは家は建ちません。ママの内職して貯めたお金千四百万円を出すことにしました。これで四千五百万です。これでも家は建ちません。仕方なくローンを組みます。裕が七分の一、パパが七分の六を借りました。私は側でハラハラしています、ローンを組むなんて……。

それでも僅か二十六坪の土地、上に延びる三階建て。

七分の一の裕のローンは、裕が苦労もなく家を手に入れたとあっては本人のためにならないと、裕の今後をパパが考えたからです。

パパとママは、これからは年金生活。パパは、

「ママに苦労をかけたから、ご苦労さんって、ささやかな旅行に行きたかったけど、これでちょっと楽しみが減ったね」

と淋しそうに笑っていたものです。

自分の思い通りに、小さいけれど家が建って、裕は大喜びです。

「僕ら、三階に住むんだ」

と、いろんなものを買い込みます。

「カーテンを買わなきゃ、畳が焼けるよ」

と言うと、

「放っておいてほしい、彼女の好みにするから」

と、三ＬＤＫは、触らせてくれません。

パパは、年金生活が始まるからと、第二の人生も働くことにしました。

新聞の集金です。それは、パパにとっては大変なことでした。

知らない間の結婚式

裕が社会に出てから十年が経ちました。とりあえずは何事もなくてよかったと、夫婦で肩の荷をおろします。あとは、いいお嫁さんが見つかるといいなぁ、なんて話し合って……。

裕、三十四歳のある日のこと。

「いってらっしゃい」

と朝、裕を送り出します。いつもと変わらない一日の始まり。

ところが、裕の帰りが遅い。エレクトーンサークルで遅くなっているのかしら、と父母二人で寝ないで帰りを待っています。夜中になっても帰って来ません。二人してまんじりともせず待っています。とうとう夜が明けてきたのです。

パパが三階へ上がってみました。

「ママ！」

大きな声で私を呼びます。私も急いで階段を上がりました。

何ということでしょう。

十二畳の部屋には、なぁんにもありません。父と母、二人で唖然として言葉も出ませんでした。

机の上には「家出をします」とメモ用紙に一言。二人とも頭が真っ白になりました。ただ呆然とするばかりです。

そこには、エレクトーンだけが、一人淋しく置かれてありました。

それからの私たち二人は、食事も喉に通りません。電話のベルに二人してびっくりして飛び上がってしまう状態でした。

それから四日目、裕から電話が入りました。

出会い系サイトで知り合った女性のところに行っていたのです。

「絶対に、相手の家に入りびたりはしない。二人の老後の面倒は見るよ、必ず。だから許してくれ」

と裕は言います。

「一日も早く、その人を家につれてきておくれ」

と、母は頼むばかりです。

　パパとママは不安で、不安で夜も寝られずどうしてよいかもわからず、二人で黙りこくったままに時間が経ってゆきます。

　そんなある日、裕の友だちの竹内君がやって来ました。

「裕の結婚式に呼ばれたよ。〝宮本家〟の席が空いていたので、おばさんたちが出席されない理由があるのだったら、と、僕たちもお祝いだけ渡して帰って来ました」

と、結婚式の帰りに寄ってくれたのです。

　パパとママの驚きはいかほどだったでしょう。

「そうなの、今日だったの」

私は泣いてしまいました。

〝息子さんと一緒にさせてやってください〟と親御さんの話があり、お互いに顔を合わせるものではありませんか。

頭が混乱してしまいました。なんと非常識な家なのだろうと。

裕のお嫁さんが、どこの誰かも分からない。挨拶にも来てくれない。知らない間に結婚式もしていたのです。

北朝鮮の拉致のように

ある日、裕の会社の課長さんから連絡がありました。会社に私は伺いました。課長さんのお話しは、こうでした。

「宮本君は会社を辞めようとしています」

母の驚きはどんなだったでしょう。三菱の傘の中にいれば、不景気な時でも安心なのに……。でもその時は、もう遅かったのです。

会社から二千万円、十年間勤めた退職金を借りていました。その上、一番の高級車を買っていたそうです。

次に私が会社を訪れた時には、

「もう、三菱を辞めましたよ。車も売ったそうですよ」

ということでした。

何ということでしょう。これでは、裕を苦労して育ててきた父と母の腹の虫はおさまりません。

「その女と結婚したのなら、何処の誰だか、ちゃんと名乗りなさい。一度も挨拶に来ず、顔も見せないで結婚式だけ済ませるなんて……」

と情なくて情けなくて。

その女性は〝大中とき子〟という。家族は、全員が身体障害者だとか。いったい、どうしたらいいのでしょう。途方に暮れるばかりです。

その女性の父親が、自分たちの血の流れを変えるために、裕が狙われた、ということらしい。そんな馬鹿な！　神様からお預りした、大事な大事な私の息子を！　私にとっては、大事な息子がまるでオーム真理教に洗脳され、北朝鮮に拉致された思いです。

前途ある青年の身ぐるみを剥がし、手かせ足かせで逃げられないように自分の娘、とき子をあてがう。そのとき子は、男遍歴が多く、何人もの男性と同棲しては逃げられていたということです。出来た子供は、手が〝ぐう〟（障害）なのだそうです。もちろん、子供には罪はありません。

この話は、三菱の課長さんからお聞きしたのです。

「もう、利用するだけ利用したのだから、解き放ってあげてはどうですか？　お父様（大中氏）の娘さんは、帝王切開されていて、どなたと結婚されても、子供さんは生まれないのではありませんか？　他人の子供を北朝鮮のように、将来を渇望されていた若い人の夢も希望も打ち砕いてしまったんですよ」

と、おっしゃってくださったんだそうです。

私が三菱に呼ばれた折に、部長様、課長様から、大中氏の行動の逐一をお聞きしました。

大中氏の裏の行動を課長様たちは見ておられたのだそうです。

裕が家出をしようとしている時、会社もそれを止めようとしてくださっていたのです。

会社を辞めたあと、大中氏は裕をヘルパーにしてしまっていたのだそうで、ＪＴＢの添乗員の試験に合格したけれど、なれなかったのです。

裕がとき子さんに出会ってこの家に住まなくなったからか、パパに自分のローンを払ってほしいと言って叱られたからか、

「家など建ててくれと言った覚えはない」

とうそぶくのです。こんな親不孝がまかり通っていいものでしょうか。

パパがお星さまに

裁判をすることにしました。弁護士さんにもお願いしました。四回共、負けました。お金もかかりました。

パパは、七十五歳まで新聞の集金員として働きました。裕はローンの七分の一、一千万円を払ってきたと言うけれど、パパは七分の六、三十年で一億以上払ったことになります。

実は、パパには内緒にしていたけれど、パパはガンだったのです。でもパパは、薄々感じとっていたのかもしれません。

パパは、裕のことで、自分を責めて責めぬいていたのです。自分の身を酷使しているようなところがありました。

私の誕生日。パパはきれいなライトを用意してくれました。二人だけのバースディ。寝るのも惜しんで抱いてくれたのです。ひざの上で抱かれた私も……。

その時、パパは苦しみだしたのです。高槻病院へ搬送されました。裕に連絡しましたが、来てくれません。どんなにママは心細かったでしょう。

覚悟を決めました。

が、パパの診察が終わり、先生がこうおっしゃいました。

「もっとひどいと思っていたけれど、安心しましたよ。毎日、腹水をとりながら、治療をしていきましょう。そうすれば、病気撲滅も夢ではありませんよ。毎日、通院することを守れますか」

パパは、

「はーい」

と大きな声で答えました。

「よかった」

とママ。それにパパは、

「お腹がすいた」

って言うんです。食欲もなく、苦しいと言っていたのに本当かしら、と思いながらも、ママはどんなにうれしかったでしょう。何も持ってきていなかったので、西武まで買いに行きました。その時のうれしいことったら、足取り軽く踊るような気分でお買い物したのです。

それからしばらくしたある日のこと、病室へ入ろうと、ドアをノックした時です。パパが走り出てきて、

「敬ちゃん、明日退院だぞ！」

あぁ、その時の喜び……、天にも昇る気持ちって、本当ですね。

「ええー、ホントウ？」

ってママ。

「僕が嘘を言ってどうするんだい、信用しろ」

って、天井まで届くほど抱き上げられて、いつまでも一緒に居られるねって、お互いに確かめあいながら……、涙が止まりませんでした。パパも、ママも。

　私はうれしくて、うれしくて。明日の退院に備えて、パパのスーツ、ネクタイ、靴、靴下、それからハンカチ、そうそう、ワイシャツ……、もういいかな。大きな風呂敷に包んで枕元において寝ました。

　夜中に電話のベル。妹からでした。風邪を引いて熱が下がらないという電話です。そして、しばらくしてまた電話。明日は退院の大切な日だから寝させてよ、なんて思いながら受話器をとりました。高槻病院です。

「ご主人、危篤です」

「そんなこと、あるはずがないじゃないですか。明日、退院なんですよ……」

私は声が出ません。電話の向こうで、女の人の声が、

「一分でも早く、早く……」

◉

「脩さん、脩さん」

と心で叫びながらママは、震える指でダイヤルをまわします。民生委員さんに通じません。何度か、何度かダイヤルしているうちに、やっと繋がりました。車で迎えに来てくださったのです。

病院に着きましたが、腰が砕けてママは歩けません。民生の方に支えられながら、病室に向かいます。すると、どうでしょう。明日、退院ですよ、と言われた病室ではありません。

「こちらですよ」

　脩さんは暗い別の部屋にいるんです。

「嘘でしょ！あんなに元気だったのに！」

　看護師さんが乱暴に脩さんのタンをとっています。

「苦しんでいるじゃないの、やさしくしてやって」

と、私は泣きながら看護師に言いました。私には〝乱暴〟に見えてしまったのでしょう。

　そして酸素マスクを……。

「どうして、どうして？　明日退院と言ったお医者さんは、嘘つき、嘘つきだ！」

　すぐに裕に連絡したのに、裕はなかなか来ません。ママが心の中で、〝早く来て、早く来て〟って叫んでいるの、聞こえますか。ママは泣きたいのをこらえて、裕の来るのを待っています。

やっと来てくれました。裕。

パパは裕に気づくと、手を出して、

「ゆたか、おいで」

と言いました。

「ゆたか、パパが呼んでいるよ」

裕は、やっと腰を上げました。が、裕は手を引っ込めたのです。なんということでしょう。裕は、出て行きました。

パパは苦しがってもがいている、ママはベッドに上がり人工呼吸を始めました。すると、パパが言いました。

「敬ちゃん、ごめんね。早く治すから離れないでくれ」

手の指の先から、白くなっていきます。どんどん白くなっていくのです。

「死神のバカ！」

八月二十五日。病室には、パパとママだけでした。パパはママの手を握りながら、一人、旅立っていきました。星の世界へ……。

脩さん、ごめんね

脩さんは死際にこう言いました。

「まだ死にたくない。子供たちのことでやり残したことがある。この二十年間をどうしたら取り戻せるかと、図書館で調べたら、法律の裏を潜り抜ける方法などいくらでもある。海千山千の大中は叩けば埃が出てくる。いくつもの余罪も出て来るようだ。しかし、法律はそんなことには手を貸してくれない。悔しい、悔しい」

と。警察も法律も手が出せない。正直者が馬鹿をみるのだと。

◉

告別式の日、裕を狙った大中氏も呼びました。主人と私の大事な大事な裕を騙し、身ぐるみを剥ぎ自分のものにした大中守。

どうして、そんな人を告別式に呼んだのか不思議ですって?

私は、初めて見る、大中氏を刺し、そして自分を脩さんと同じ命日にするつもりだったからなのです。

あの非人間としか思えないような人は、生かしておけない。悔しくて悔しくて。昔、ママのお父さんから譲り受けた短刀を忍ばせて家を出ました。

許せない、許してはおけない、と。

◉

神様は、二人の子供を私共にお預けになりましたが、神様は間違えられたのでしょう。裕は、本当なら大中の家に生まれるべきだったのでしょう。裕は親を選び間違えたのです。きっと。

パパもママも、あなたを、そんな残酷な子供に育てた覚えはありませんよ。思い出してください、あなたが子供だった頃、あなたのパパのこと、ママのこと。

この二十年という年月の間に、あなたはどんどん変化しました。朱に交われば、朱くなったのです。

あなたの父と母は、あきらめようとしました、二人で手を取り合って。でも私たちの息子、裕をあきらめるなんて、やはり出来るはずがありません。

そして、母一人になりました。

短刀を胸に、チャンスを狙います。

警察に掴まる前に、自分の身を処する覚悟は出来ている。あんな人間を生かしておいてはいけない、大中の娘も同罪だ、裕も私の子ではない……。

狭いところに人は多い。しくじることは出来ない、今だ！　と思った瞬間、後から羽交締めにされ、短刀を取り上げられてしまったのです。私服の警官だったのです。

「馬鹿らしいと思わんか、あんな男のために」

あわてて、義足の足を引きずりながら逃げていく大中の姿がありました。

「負け犬の姿に見えんか」

と警官の声。私の頭から血が引いていくのがわかりました。

「あんな男のために殺人犯になってもええんか？　まだまだやりたいことあるやろ？　何がやりたいんや」

私が、

「車イスダンス」

と答えると、

「よし、それに決めた」

と警官（実は数年前にパーキンソン病になり、私は車椅子生活なのです）。

私は落ち着きを取り戻しました。短刀は彼に預けました。

なんということでしょう。私は自分が喪主であることを、すっかり忘れていたのです。

「脩さん、ごめんね。もう少しで留置場へ入らなくてはならなかったね。脩さん、ごめんね……」

警察でただ一人、私の味方になってくれたやさしい若いおまわりさん、ありがとう。

◉

毎日、泣きながら暮らしました。まるで死んでしまったかのように、生きている実感はありませんでした。裕は、まったく来てくれません。大中一家に洗脳された裕は、人を人とも思わなくなってしまっているのでしょうか。

大中氏の娘、とき子を押しつけられ、子供が出来たと思ったら、前の男の子供だったのです。大中氏は、法律スレスレに世渡りしているように私には見えてくるのです。

パパは、最後まで裕を信じようとしていました。パパは、死をもって、大中守に抗議したのです。

脩さんの四十九日に裕は来ました。が、すぐに出ていきました。納骨も済み、パパは仏壇の中に入ってしまいました。部屋が、こんなに広かったのかしら。

ママ一人、仏さんの前で、毎日ぶつぶつ言っています。裕が家出……、誘拐?……、ぶつぶつ……。

◉

裕がいない生活が淋しくて淋しくて。裕がいなくなって二十年。その間に、淋しくて、アメリカンショートヘアーの猫を飼いました。この猫に〝ラッキー〟と名付けました。とってもかわいいのです。

ラッキーのおかげで、パパもママも、どうにか二人の生活に慣れることができました。

こんなことがありました。

脩さんが救急車で運ばれる時、私の気づかぬ間にラッキーが忍び乗っていたのです。ブルーの目を光らせて……。

そして脩さんの葬儀の日、外に出たことのないラッキーがいないのです。すると、どうでしょう、なんと脩さんの棺の中にいたのです。

脩さんに一番なついていたラッキー。脩さんが亡くなったのを知ってか、知らずか、

脩さんのにおいのする座布団にしか座りません。脩さんを待っているのでしょうか。

ママも、ラッキーと一緒に、脩さんを待っていたい……、脩さん、帰って来て……。

私の旅支度

私は現在八十二歳になりました。七年前からパーキンソン病になり、激痛に耐えかねて麻薬でおさめています。その副作用で十二キロ痩せました。それに吐き気や便秘……。でも、病気に負けていられません。朝は五時に起きています。食欲はないけれど、無理してでも食べようとすると、また吐いてしまいます。

そんなにまでして、どうして麻薬を使っているのか、と思う方もおられるでしょうね。

それは、一日でも早く裕と暮らせる日が来ますように、と苦しいけれど延命なのです。

足腰が立たなくなった私。一人にしては広すぎる家。愛するパパの退職金全額、そしてローンまで組んで建てた二世帯住宅。誰も訪れることのない一人暮らし……独居老人……。愛する脩さんが片時も離さなかった愛娘の猫、ラッキーが私を見上げています。

そう、私は、一人ではないわ。ラッキーがいるもの、そう思って腰を下ろした私の前に、ラッキーが座り、あのブルーの目で私の目をじっと見るのです。

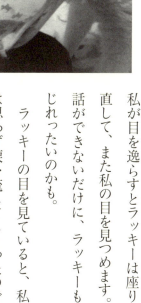

「おやつが欲しいの？」

そうでもないようです。余り見つめられると目のやり場に困ります。

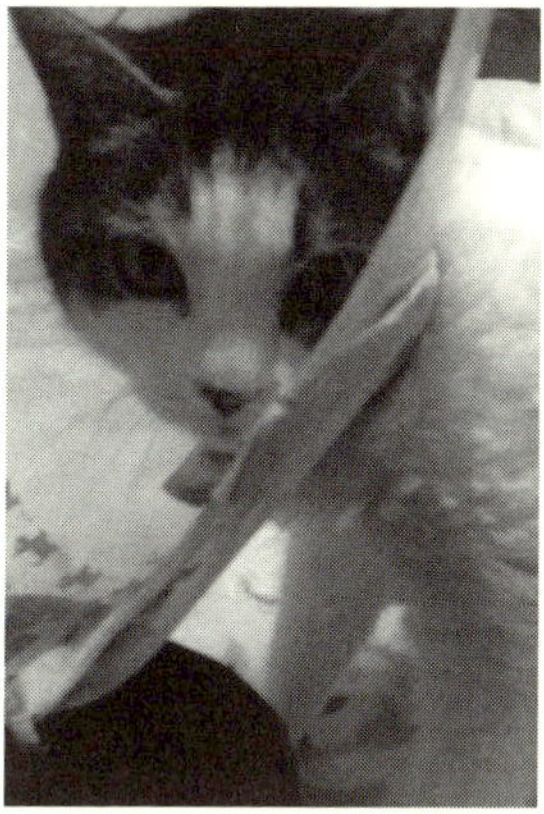

私が目を逸らすとラッキーは座り直して、また私の目を見つめます。話ができないだけに、ラッキーもじれったいのかも。

ラッキーの目を見ていると、私は思わず涙を流してしまったのです。堪えられなくなって……。すると、ラッキーが私の肩に手をかけてきて、涙をペロペロなめてくれたのです。その時、ラッキーの気持ちが、私に届きました。

「ラッキー、わかった、わかったよ」

そう言うとラッキーは安心したかのように、私の膝の上で丸くなり「ゴロゴロゴロ」。

ラッキーが神の使いなのかと、つい思ってしまう、こんなことがよくあるのです。

ラッキーがいます。淋しくても、寝るも起きるも自由。ラッキーとの、一人一匹生活は、天下太平、一人一匹生活を謳歌しているのです。

昨日は、久しぶりに買い物に出ました。ヘルパーさんに車椅子を押してもらって、旅支度の準備のための買い物です。

旅支度って、どこへ旅するのか、車椅子で一人で……って、お思いでしょうね。

ふふふ……、それはね。

それはね、ある日、天国から脩さんと一緒に天使が舞い降りてくるのです。そして、ウェディングドレスを着た私は脩さんに抱かれて、天国への階段を昇っていくのです。もちろん、もう車椅子は要りません。

天国に着いた二人は、

「こんにちは」

って挨拶したら結婚式をします。ハッピーな二人、最高！

使者の天使さんがいつやってくるかはわかりません。予定は立たないけれど〝支度〟だけでもしておかないと。

ウェディングドレスはシルク百パーセントで縫い上げました。あとはブーケだけ。いつでも出来るように裁断してあるのです。

◉

脩さん、敬子の準備はできましたよ。でも裕が帰ってくるまで、もう少し待っていてくださいね。

裕、この母の胸に

裕もヘルパーの仕事をしていると聞きました。

そう言えば裕、ドイツに出張した時、

「ママも連れていってやるよ」

そう言ってくれましたね。ママも一緒にデュッセルドルフへ行きましたね。その時、仕事先の外人さんに、

「息子さんが、〝僕の大好きな母です〟と言ってますよ」

って、もちろん日本語で私に話してくれました。

「やさしい息子さんですね」

って。どんなにうれしかったでしょう。ママをこんなふうに紹介してくれたなんて、涙が止まりませんでした。

そんな裕が今、ヘルパーの仕事をしているんですね。

「裕、仕事の中で、ママと同じ病気で苦しんでいる方もおられるでしょ、

そんな時ママを思い出していますか。それとも、もう親のことは考えなくなってしまっているのですか」

裕が大中から離れて、私の息子に戻るまでは、私は死ねないのです。生きて、激痛に耐えて、ヘルパーさんに助けられて、生きて生きて、裕の帰りを待っているのです。

◉

この二十年の間に、裕は新興宗教に漬かってしまっているようです。一緒に暮らしている時とは、考え方やすることが、まったく異なってきたのは、そのせいでしょうか。

本当にやさしい子だったのです。その裕が、親に、「死ね、お前は死んで地獄に落ちろ」などのメッセージを置いていくのです。

裕は、〝宮本〟を名乗っています。時には情けなくて情けなくて、こんなことを思うこともあります。せめて、〝宮本〟の姓は名乗らないで返しておくれ、と。こんなことなら、〝大中裕〟〝大中とき子〟になり……と。

「でも、裕にも、あの頃のやさしい心が少しでも残っているのなら、逃げて帰ってきてほしい。帰ってきて」

と脩さんの写真と話しています。

裕、母の叫び声が聞こえますか。パパがどんなに心痛めて死んで行ったか、知っているでしょう。

ああ、この母の胸に、父の分まで裕を抱きとめてやりたい！

裕、この間、ちょっと帰ってきた時、パパの仏壇に、線香に託して最後の別れをしていましたね。ママには、そう見えました。裕の背中が泣いている、全身で別れを告げているように見えました。後姿があまりにも細く淋しげでした。そんな裕にママは、声をかけることができなかったのです。

神様、何の試練ですか

神様がつくったシナリオでしょうか。私たちは大中からは逃れられない運命にあるのでしょうか。

こんな小さな土地まで狙っているのです。この土地は守り抜かなければなりません。脩さんの血と涙の退職金、ママの内職で少しずつ貯めたお金を、裕の願いを叶えるために、父母の思い、我が子の夢を叶えるために、家族が揃って笑顔で暮らすための土地なのですから。

裕が、あの、目のきれいなやさしい息子に戻って帰って来る日のために、守らなければならない土地なのです。

今裕は、大中に洗脳され、裕でなくなっています。だから、仏様になったパパが恐いんです。パパに線香をあげた時、

「パパの写真が恐い、怒られているみたいだ」

と言ってましたね。誰の目にも笑って見えるパパの写真なのに……。

◉

裕が大中と出会う前、私は六十歳台でした。私の夢は、息子が結婚、嫁と二人仲良くて……私には孫がいます。

「おばあたん」

と孫はまわらぬ口で私を呼びます。私は孫を抱いて、みんなに孫の自慢ばかり……。

「あんまり、かまわんといてね」

なんて、抱き癖がつくからと嫁に叱られたりして……。

今頃は二十歳近くなった孫、進路は?なんて、時折空想しては涙ぐんでしまいます。現実はあまりにも異なっていて。

この二十年、なにもかも大中に取られてしまった私の人生。裕だけでなく、私たち夫婦も哀れな人生を歩んでいます。脩さんは、この二十年、海千山千の男、大中に立ち向かっていましたが、根尽きて、死にました。

一人残された私は、パーキンソン病の上、心臓にも負担がかかったのでしょう、毎夜、毎夜、苦しい夜を過ごしています。

そんな中、ときには郵便局へ、ときには銀行へ、市役所へと出かけます、車椅子で。人様から見ると、とても難儀しているようなのでしょう、声をかけてくださる方がいらっしゃるのです。

「お嫁さん、いないの？」

ケアマネージャーさんや、市役所の方も、

「息子さんのお嫁さんは、来ないのですか？」

他所のお家では、義母の身体が動かないなんてときは、様子を看に、お嫁さんが来るのでしょうね。義理でも娘なのですから。

でも裕は、内緒で結婚しているのですから、来てくれるはずはないのだけれど、そんな事情は、世間のみなさんはお知りにならないのですもの。〝宮本〟の姓を名乗っているだけで……。

……今、八十二歳のばあさんは一人暮らし。誰も見向きもしてくれません。

亡くなった脩さんに手を合わせ、ただそれのみの生活です。

でも、でも私の気持ちは波だっているのです。裕をつかって、この土地と家が狙われているのですから。かと言って、私にはどうしたらよいのか途方に暮れるばかり。

◉

大中を殺すことができたら、裕も目が覚めるでしょうか。

――勉強のできる子だった。仕事を楽しんでいた。エレクトーンサークルでも、目いっぱい楽しんでいた。でも社会音痴だった。だから、裕は大中の餌食になってしまった。

……いい子に育ててしまったパパとママに責任があるのかもしれません……。

〝おかしい！〟と感じなければならないのに、裕には〝こんな遊びもあるのか〟位に思えたのでしょう。人を疑うことを知らない、純白、というか、馬鹿というのか……。大馬鹿モノ！　二十年経っても暗示にかけられたまま！

「親なんて死んでしまえ
生きておられると煩わしいだけの存在だ
早く地獄の閻魔様の所へ行け」

このメモを筆跡鑑定してもらいました。確かに……裕の文字でした。どんなに、どんなにどんなに悲しかったでしょう。ママの涙は、いつまでも止まることはありませんでした。こんなに悲しいことが、世の中にあるのでしょうか。神様は、何の試練を私にお与えなのでしょうか。

◉

裁判所へも、何度も行きました。

大中というペテン師にひっかかり、とき子という男狂いの女を押しつけられ、結婚した時には、前の男の子供が、お腹の中に。三か月の子供が入っていました。それなのに、三か月早く出てきたと言われて。騙されていたとわかっても。社会音痴の裕です、〝他人の子であっても、いつも一緒にいるのでかまわない〟と。

でもとき子に子供が生まれてすぐ、子宮の撤去手術をし、とき子が浮気をしても子供が出来ないようにしたそうです。大中らしいやり方です。そのことは、大中の近所の方々も口こもごも話されていたようですから、裕も知っているはずです。

これで永久に、裕の子供は出来ません。何が目的だったのかはわかりませんが、裕の子供が出来なくて、それだけでも私にとっては救われます。……こんなことが私の救いになるなんて……。

目のきれいな裕がいます

神様から授かった小さな命。目のきれいなやさしい子。そんな子に戻して神様にお返ししたいと思います。

それまでは、私一人、いいえ、パパと二人でなんとかしたいのです。パパとママの責任大ですものね。

でも、今の私には、成すすべがわかりません。言えることはひとつ、「神様、裕に大きな試練をお与えください。罰を裕にお与えください。今、あの子に必要なのはそれなのです。そして裕の意識を、目のきれいだった、やさしかったあの頃にお戻しください」

すべてママの落ち度です。

二十年の間、パパもあの手この手と、頑張って動いてきましたが、大中には勝てず、身も心も疲れ果て、ついに、この世を去りました。

「あとは頼む」

とママに託して。ガンに犯されているのも気づかずに。

かわいそうなパパ。

かわいそうな裕。リンチを受けるのが恐さに、前途有望な青年が、これから世界に大きく羽ばたこうと志を抱いていたのに、二十年もの長い間、大中の言いなりに洗脳された裕。

パパ、大嫌い。

ママも大嫌い。

パパとママが、愛しい大切な裕にしてきたことは、いったいなんだったのでしょうか。

裕にかけた愛情が、こんな形で私たちの老後を、晩年を襲うなんて、もちろん考えもしないことでした。

二十年間、裁判、興信所にと、大きな費用が必要でした。それでもやらざるを得なかったのです。そしてそれでも裕は戻ってきませんでした。

そのために経済的にも困窮し、そのために夫を亡くした八十二歳の老婆がひとり、病床にいます。

神様から私たち夫婦に託された大切な裕が、私たちの素直なやさしい子供であった頃を思い出し、親子であることを一緒に感じてくれるように、命の消えゆくまで灯火を燃やしつづけてほしいのです。

あとどれくらい生きられるかはわかりませんが、いつかはこの苦しみから逃れることができるでしょう。

そしていつかは、暖かな光に照らされた穏かな心やさしい生活があるのでしょう。

そこには、目のきれいな裕がいます。パパとママを見て笑っています。

「ゆたか、おかえり」

瞳のきれいな裕《ゆたか》
そして―小さな北朝鮮

発行日
2015年8月25日

著　者
小池ともみ

発行者
あんがいおまる

発行所
JDC出版
〒552-0001　大阪市港区波除 6-5-18
TEL.06-6581-2811　FAX.06-6581-2670
E-mail : book@sekitansouko.com
郵便振替　00940-8-28280

印刷製本
モリモト印刷（株）